하현 편집증

신
준
희

시
집

시인시선 013

하현 편집증

신
준
희

시
집

시인

시인의 말

콩나물을 키워 갓 지은 쌀밥과 나란히
상 차리는 법을 나는 오래전에 잃어버렸다
안양천 흙길을 따라 호젓이 걸어간다
하나 둘 사라지는 그리운 이름과 얼굴들,
그 곁에서 계절이 쫓기듯 스쳐 지나간다
아무도 오지 않는 길로 눈이 폴폴 내려온다

소주잔에 받아놓고 싶은 백석의 눈이
기형도의 빈집 쪽으로 사뭇 기울고
동굴에 덩그러니 남은 크로마뇽인처럼
겨울의 깊은 속갈피에 들어앉아
성근 눈발을 더듬더듬 손바닥으로 쓸어 모아
詩라는 모닥불에 던져 넣는다

2022. 겨울날에
叡雪 신준희

5

차례

제2부

제4부

제 **1** 부

백일홍 점묘화

1.

 할머니를 안양 공동묘지에 모신 다음
 자주 울적해 하던 아버지는 그늘 덮인 얼굴을 하
곤 어디로 훌쩍 나가버리는 버릇이 생겼다
 할머니가 떠난 방은 낮에도 캄캄했다
 울타리 밑에서 자란 타오르는 꽃 파도가 창을 열
고 한바탕 밀려올 그때까지…
 몇 해 지나 고향땅 할아버지 곁으로 할머니를 이장
하고 아버지는 그새 늙어버린 미소를 환히 지으며
백일홍 두 그루를 심었다
 삽으로 흙을 다지고 또 다지며 문득 나를 바라보
았을 때 그 눈망울 속에서 태양의 꽃망울들이 일렁
거렸다
 우리가 행복했던 순간들을 한데 불러 모을 수 있다
면 나도 백일홍처럼 뙤약볕을 이고서 여름 한철 몸
부서지도록 점점이 붉게 붉게 그려보고 싶었다

수년 간 객지를 떠돌다가 새 여자를 얻은 아버지는 엄마를 먼저 보내고 무덤가에 다시 백일홍 한 그루를 심었다

 그리고 절을 하고 돌아서 눈가를 훔쳤는데 나는 미워서 고개를 푹 숙였다

 쿵쿵거리는 기침소리에 짓눌려 살던 우리집

 어느 한여름 나는 아버지 점심상을 엎어버리고 집을 나왔다

 나 혼자 처마 밑을 떠돌며 백일홍 나무를 다 잊었다

2.

 그 후 아버지는 칠 년을 누워 살았다

 나무뿌리가 된 듯 도무지 일어날 기미를 보이지 않고 아프다는 말 한마디 없이 그 불같던 성미 고적하게 누인 작은 방에서 겨울의 마지막 잔영처럼 어둠을 기다리고 있었다

―몇 살이냐

　―서른여덟이요

　나는 고개를 또 푹 숙였다

　그는 놀랍다는 듯이 태양이 사위어가는 눈을 커다
랗게 뜨고는 한참이나 나를 응시했다

　오빠 집에서 마지막 숨을 고르다 그는 눈을 감았
다

　아무도 아버지 무덤가에 백일홍 나무를 심지 않았
다 나도 모르는 척 입을 다물었다

　―아버지, 아버지 저를 용서해주세요

　어린것 손을 잡고 찾아와 가만가만 기대어 보는 부
끄러운 꽃가지들…

　울음을 꾹 참을 때마다 빨갛게 부풀어 오르던 백
일홍 꽃가지가 느릿느릿 노을을 닫아걸고 있다

대모신

청계 버스정류장
고물이 된 공중전화박스 아래 할머니가 웅크리고
있다
미세먼지 회오리치는 길바닥으로 해체되어 끌려나
온
청둥호박 속살 몇 토막
늦서리 맞고 된바람에 시달린 시래기 서너 뭉치가
오가는 발길 옆에 오그라들어 있다

'거시기 나가 첫 새북부텀 까갖고 담아온 것잉께
을매나 당가 몰러'
관짝 같은 공중전화 바깥으로
조심조심 우그려 트린 다리를 내뻗어보는 쪼글쪼글
고랑이 팬 얼굴

'긍께 요오기 우리 땅이 천평이여 거그서 모다 캐
온 것들이여, 아먼 여 봐, 을매나 이뻐 아깝잖여 아

덜이 지발 허지 마라는디 우쪄 나는 이 어린 거시 이쁜디'

마디마디 옹이 배긴 손으로
도르르 몸을 마는 돌나물과 햇쑥, 봄냉이 두어 줌을 플라스틱 바구니에 고물고물 다독이고 있다

'오래 사까 너무 오래 사까 나, 그거이 꺽정이여 다른 거사 머 다 앙 긍가 잉 손지도 다섯 개여 미누리는 세 개고 설에 목돈 백마넌 나갔어'

할머니는 공중뿌리 같은 열손가락을 좌락 펼치고
'나 들어갈 묏뚱도 접때 고향에 다 허노코 옛날 저 그 살든 집이랑 땅도
다 손보고 근디 누가 가까 몰러 머러 원체 머러서…'

보도블록 틈새를 벌리고 들어간
은행나무 한 그루,
 꿈틀대는 가로수의 뿌리가 하루 종일 팔아도 돈 만
원이 될까싶은 좌판을 곱다시 떠받치고 있다

배추벌레

엄마,
배추 한 포기만 씻어주세요
아삭아삭 아삭아삭
실핏줄 샛노란 속고갱이부터 와사삭 나는
당신을 먹을래요
엄마,
오늘은 치마끈 잘끈 동여맨 엉덩짝이 실팍한
가을배추로 오세요
푸릇푸릇 말아 올린 치맛자락 같은 배춧잎을
한 장 두 장 젖힐 때마다 물큰,
잊었던 젖 냄새가 손바닥에 잡혀요
엄마,
스냅사진 속의 납작해진 엄마
늦가을 퉁퉁 젖이 불은 배추포기가
엄마의 젖가슴 같아요
일곱 살이 되도록
늦젖이 돌아온 젖꼭지에 매달려 칭얼거리던

나는 오늘도
곰곰 파먹을 거예요

달팽이 더듬이는 투명한 봄빛 같아

의자마다 봄볕을 싣고 덜컹대는 버스에서
멀거니 바라다보는 4월 어느 날 서울,
고층건물 창유리에 매달리다 미끄러지는 돌개바람
스마트폰에 빠져서 뒤로 가는 사람들

한 번도 의심치 않은 신호등과 표지판들
김정은 트럼프 미세먼지 흰 마스크
독도와 노란 리본들 주인 없는 포장마차들 그 뒤로
국회의사당의 파란 돔이 빙산의 일각처럼 떠있다

여의도 넓이만큼씩 속속 사라진다는 순결한 빙산
뚝 하고 끊어져버린 어젯밤 마감뉴스 속에서
끽 끽 우는 유빙에 갇혀 잔뜩 겁을 먹은 채
덩치 커다란 북극곰 가족이 갈팡질팡 떠내려갔다

나는 느릿느릿 전속력으로
풀냄새를 찾아가는 달팽이처럼

한 보따리 몸살을 등에 매달고
투명한 봄빛 사이로 더듬이를 세운다

물푸레나무

물푸레나무라고 쓴 작은 팻말 때문에
물푸레나무인줄 알고
가만히 손잡아 본 나무
사소한 농담에도 걸핏하면 화를 내던 사람이
입술을 꾹 다물고 한참 동안
올려다보던 물푸레나무
터질 듯 불안한 공기 속에서
햇살 몇 가닥 헤아리는 척
윤사월 얕은 물소리 어림하는 척
애써 외면하던 물푸레나무
이제는 나 혼자 찾아가는 나무
머리칼 헝클어져 세수도 안한 내 얼굴을
순하게 반겨주는 나무
하나도 이쁘지 않고 까칠한
나는 어느새 물푸레나무

홀에 빠지다

혼자 멍하니 비오는 밖을 보고있네요
그런 일도 있었나
골프공이 말을 들어주지 않을 때가 더 많았지
결막염이 심하게 걸려서 안대를 하고 버스를 타고
영등포 김안과를 혼자 다닐 때
유난히 더운 여름이었지
식사도 거르고 세상의 건강하고 똘망한 눈들이 다
나만 보는 것 같아 고개를 들 수가 없었지
창피하고 울고 싶은데 회사를 그만두면 그나마 밥
을 어찌 먹을까
억지로 다니던 때지
한 사람이 내 얼굴을 보고 웃음보를 터뜨렸지
그리곤 아픈 내 눈에 자기의 눈을 대고 비벼댔지
나도 똑같이 아프고 싶어
라고 말했지
그 사람은 그 후에도 내가 울면 그 눈물을 다 핥아
먹었지

바로 애들 아빠가 그 사람이었어
하얀 골프공을 보면
왠지 눈알 같아
가야할 곳을 두리번거리는 부드러운 눈알
18홀을 다 돌기도 전
골프공은 구르고 울고 타고 빠지고 산으로 올라가기도 하지
그 사람이 아직도
골프공을 치고 있으려나
침침한 내 눈이 못 보는 것이 어디 한 두 가진가
사랑
그것은
18홀을 다 돌고 골프채를 접는 순간에 나를 치고 가버렸다

돌멩이는 아직 아무것도 모른다

탁류다 알 수가 없다 꽃이 다 떨어졌다

그 새끼가 내 앞에서 웃잖아 씨발 새끼
소주병이 있길래 대갈통을 까버렸지
꽃에 독이 오르면, 향기 무죄, 가시는 목이 탔지
엊저녁 잠깐 병원에 가서 사과를 했어
벽과 벽이 만나는 모서리가 좋았다
안주머니에 재크나이프를 왜 넣고 다니는지 끝내
묻지 못했다
이리 좀 나와 봐
시야가 넓은 게 속이 뻥 뚫리네
시동을 켜고는 모두 어디로 떠난다
그리고 돌아오지 못했다
이름은 떠돌다가 사라지는 소문이다
남은 구두와 실내 슬리퍼가 기다리다 지쳐간다
때때로 냉장고가 우웅우웅 정신을 가다듬는다
간직할 것도 결국은 버려야하는 것들

좁은 계단 밖으로 머그잔을 내려놓자
무거워진 문 하나가 오래 넘어진다
나는 유효하지 않다 눈물이 괴었다

가만히 영정사진을 쓰다듬을 때마다

보랏빛 입술이 풀렸다

웅크린다
오백그램의 태아가 웅크린다
빗소리만 들린다 차소리가 지나간다
벌레를 물고 날아든 참새가 베란다에 서 있다
이따 오후에 가도 될까
방바닥에 흩어진 머리카락을 집어낸다
지난 달
남양읍에 왔어
그럴 적에도, 허리를 굽혀 머리카락을 집어 올리고
창을 밀었지
팔을 길게 내밀고 손바닥에 빗방울을 받는다
덩굴식물처럼 목을 감고 놓지 않는 초록의 감정
사람이 솔직해야지 안그래?
여자는 밋밋하게 엘리베이터 버튼을 누른다
올라가고 내려가고
문을 열고 다시 닫고
조금도 가까워지지 않는 한 사람이 타고 있다

웅크린다

웅크릴수록 눈물이 새나온다

언제나 줄을 놓으면 풍선처럼 달아나는 추억

공터

흔들리는 그네에 올라 바다를 밀어보았다

발끝으로 나비가 팔랑거렸다

그 애가 기타를 치다 돌아간 등나무 그늘,

아이들이 재잘재잘 허물고 달아난 모래성에

어지러이 찍힌 손자국 발자국 잎사귀들

빗방울이 두리번거리며 몰려오기 시작했다

먼지를 폴폴 뒤집어쓴 라일락꽃이

우산을 가지러 벽속으로 뛰어 들었다

자벌레가 나무줄기에서 거꾸로 떨어졌다

바다는 긴 혀를 늘어뜨리고 사라졌다

이슬

풀잎들의 그림자 위로
생각 없이 뛰어내리는 이슬
민달팽이 느릿느릿
타는 목 쭉 늘이고 멈춰 있는 이슬

이슬은 나뭇잎에 돌돌 몸을 만
알록점박이 나비가 몰래 흘린 눈물일까
어쩜,
죽은 아들을 그리워하며
새벽의 여신이 삼킨 차가운 눈물일까

까치놀빛으로 타오르는 이슬
가쁜 숨결, 기쁨, 행복이란 울타리
이슬은
얼마나 힘이 센가

새벽예배 알리는 쇠종소리처럼

둥글게 둥글게 퍼져 사라지는 이슬
첫 새벽, 골목을 돌며 청소하는
환경미화원들의 팔뚝에 앉은 땀방울 같은

행복

그것은 작은 것에서 오는 것
세수를 깨끗이 하고 옷을 말끔하게 입을 때
친구와 다정하게 팔짱을 끼고 걸을 때
경쾌한 음악을 듣고 햇차를 끓일 때처럼

그것은 묵묵하게 잘 견디는 것
출석 부르는 선생님께 '네' 하고 대답할 수 있을 때
또한 슬픈 생각이 들어도 터놓고 말할 수 있을 때
백혈구 적혈구 혈소판이 조화롭게 공존하며
내 몸을 지켜줄 때처럼

그것은 왜 아팠는지도 다 잊어버리는 것
내가 손을 뻗으면 내 손을 꼭 잡아주는 엄마
엄마랑 나란히 알록달록 낡아가는 고궁의 단청을
바라볼 때
그리고 따뜻한 밥과 시원한 물을 나누어 먹을때 처럼

그것은 할 일을 다 마쳐놓고 두 손을 모으는 것

혼자 사는 이웃에게 따스한 정을 꽃다발로 안겨줄 때
향기로운 초를 켠 듯이
마음 가득 사랑이 차오르는 일

힐링, 산책

나무와 나무 사이로 비쳐드는 햇살을 본다
아픈 몸 마음은 두근거리고
착란이 올 정도로 다운될 때
겨우 병원 문 앞에 서 있을 때

나무와 나무 사이로 불어오는 바람을 느낀다
이런저런 소소한 일로 엄마한테 혼났을 때
음악방송에서 노래를 들을 때
해질 녘까지 명상에 잠길 때

나무와 나무 사이로 새들이 날아간다
기운을 북돋아주는 맑고 예쁜 지저귐소리
첫 알바 할 때, 첫 월급을 받았을 때
나는 새처럼 들 떠 휘파람을 불었지

나무와 나무 사이로 달이 훤히 떠오른다
난 이별이 아팠어, 많이 아팠어

너무 속이 답답해서 바다를 보고 울었어
지금 이렇게 웃으면서 말하네

나무와 나무 사이로 나는 홀로 걸어간다
꽁꽁 뭉친 실뭉치에서 실타래가 풀리듯
더 좋아지겠지,
그럼그럼 나무냄새와 풀냄새가 다가온다

아프던 마음이 어느새 아프지 않다

눈꽃 날아오르는 1시에서 2시 사이

고통의 사슬에서 마침내 해방된 것을

자축하며 날아가는 가벼운 꽃잎들처럼

우산도 없이 마지막 터널을 건너가는

겨울의 뒷모습을 보았네

옆으로 옆으로 춤추며 사라져가는

꽃잎을 따라 눈꽃을 따라

두근거리는 심장으로 거리를 배회하네

그녀의 집, 작은 부엌,

창가에는 봄이 오라고 부르는 손짓처럼

누가 하얀 행주를 말끔히

헹궈 널어놓았네

마치 금방이라도 사라질 듯

정물로 멈춘 빛이 문틈에 끼어 있다
아무 것도 못하고 지쳐버린 벽에 걸려
시계는 한풀 꺾인 강박처럼 딸꾹질을 해댄다

식탁에서 낯선 얼굴이 가냘픈 숨을 쉰다
파장인 마차에서 거품 물고 피는 꽃을
누군지 리시안이라고 나지막이 불렀다

숨 막히는 플라스틱 물통이 생의 전부였을 터
꽃장수의 가위에서 맨발로 뛰어내린
리시안 흐릿하고 밍밍하기 짝이 없는 그 체취

스위치를 끄면 까무룩 길을 잃는 형광물질 같아
종일 부르튼 줄기의 단면에선
미처서 손목에 그은 주저흔이 발견된다

맹수의 숨소리와 거리를 두는 습성일까

마치 금방이라도 사라질 듯 오래된 표정
그 등 뒤, 슬픔을 위해 흔들린다 모든 빛이

무릉길 41-93. 수레국화의 달

더러운 세상이야, 때 없이 두런대던 일도
그만 싱거워졌는지 사내는 말문을 닫았다
여자보다 사랑했던 술병들이
담장 아래 이리저리 엉켜 뒹굴었다
초저녁 가을비가 훌쩌럭훌쩌럭 뒷마당을 밟고 온다
창 너머로 목을 늘인 돼지감자꽃이
두세두세 외등을 켜고 들여다 본다

죽고 싶어, 그만 죽고 싶어,
구겨진 종이에서 희푸르게 흐르는 사내의 글씨
처마 밑을 적시는 빗소리처럼 툭, 툭, 여리게 뛰는 맥박
가면처럼 빈 얼굴, 퀭한 눈을 지키다가
여자는 와락 무너져 내린다
늦가을비가 사흘 내내 병상을 맴돌았다
사내의 긴 손가락에 매달려 지긋이 다잡던
여자의 푸르스름한 뺨, 차디찬 눈물 위로
가을볕살이 어룽져 내렸다

겁 많은 실뱀이 슥, 기어가는 논둑길 옆
개개비떼 포르르르 내려왔다 날아가는
창 너머로 돼지감자꽃이 서럽도록 환히 피었다

제 2부

독거
- 코로나19가 시작되다

미궁 인가 봐요
나갈 수도 머물 수도 없이 버티는 일
공기 같아요
죽으면 공기가 되어
어디든 가고 싶은 대로
갈 것 같았는데
깊은 잠에 빠질 때
소스라쳐 깨어날 때
책장을 못 넘기고 딱딱하게 굳어질 때
뜨거운 요의를 난데없이 느낄 때
공기처럼 나는 떠있어요
발바닥이 아프도록
걸어서 지쳐 쓰러진
밤들이 지나가요
아무도 말하지 않아요
밖에서 무슨 일이 벌어지고 있는지
문 닫고 혼자 공기놀이해요
아직 숨이 붙어있어요

방구석
- 코로나19로 인해 집에서

쓰지 않던 향수병을 열고 칙 뿌려보고요
때도 없이 현관문을 열어 제껴요
올 사람도 없는 데요
그렇게 해요
방안이 심심하지 말라고 창도 여닫아요
방은 불러들일 친구가 많거든요
생각해보면
나는 방의 친구 중의 하나였나요
잘 해주는 친구가 되면 좋겠어요
나를 키워 내고 뿔뿔이 사라져버린 방들이
내 안에 그대로 펼쳐지네요
옷깃소리
작은 근심소리
녹아내린 성에가 붙들고 있던 숨소리
누구야 하고 이름 부르던 소리
꽃무늬 벽지에서
뛰쳐나오던 울음소리

돌의 신전
- 흰 마스크를 쓰고

우와
돌에서 시가 피고
나무마다 말을 하고
비쩍 마른 가지들도 화병 앓는 환자처럼
주체 못한 꽃더미를 쏟아내고 있네요

나는 흰 마스크에 갇혀서
편리한 방법으로 손바닥 위의 사진들만
바라보네요

진짜 나무 숲속을 쑥국쑥국 날아가는 새처럼
반나절 가웃 하염없이 나무와 나무 사이로
사라지고 싶어요

그러니까 스물둘 그때 나는,
시청 앞 낯선 버스에 올라
뒤도 돌아보지 않았지

돌보다 더 말수가 없는 사람이
다급히 뛰어 왔다가
은행잎 지는 차창 밖에서
선채로 사라지도록

가게문이 닫히고

- 팬데믹

기차 시간에 쫓겨 목구멍에 걸리던 우동가락
진짜 국물이 예술이던 뜨끈뜨끈한 맛,
그 째끄만한 우동 아지매는 아직 살아있을까
태양초 고춧가루 솔솔 뿌려낸 우동 그건 이제 사치다
어느 흐린 오후 안양예술공원에 나가 어기적거리다가
칼국숫집 뿌연한 습기 속에 한 귀퉁이 차지하고
깻가루 김가루 파 썰어 넣은 국수 한 그릇
꼭! 만나고 싶다

가을이 끝날 거 같아서
- 격리

가을이 끝날 거 같아서
안양예술공원에 갔어요
나무마다 묵묵히 제 살림 꾸리면서
겨울준비를 서두르고 있더군요
관악산을 배경으로 김중업건축가 박물관이 있고요
누런 잔디 위에 돌 더미 대여섯 개
의자인지 작품인지 햇빛바라기해요
바보같이 작은 돌사람이 서있어요
키가 너무 작아서 쪼그리고 찍다가 나는 뒤로 벌렁
넘어 갔어요
언젠가 이 돌사람보다 더 아득한 사진 속으로 여행
할 날이 오겠죠
그곳은 어디일까요
억새와 수레국화 자주달개비로 두려움을 덮어도
떨고 있지요
암튼 날씨가 참 좋았어요 사랑하는 우리 오빠 우
리 언니

우리 올케언니 울 조카들
가을이라는 렌즈를 통해 피사체가 되지 못한
그리움을 담아 보냅니다

눈 오는 날에
- 안양예술공원에서

눈종이
여기
아무 말도 쓰지 말고
눈이 쓰는 고요한 일기를 그저 애틋이
아껴 아껴 읽어 볼까
혼자
밥 먹고
생강차 달달하게 한 잔
심심해서 책 밖에는
뒤적거릴 게 없었던
어린 날
그날 같네요

함박눈 펑 펑 쌓인 장독대도 떠오르고
얼어터진 동지팥죽도 반갑게 떠먹던
그해 겨울
아랫목을 양보하고

엄마는 곱은 손으로 달그락달그락
저녁 준비를 했는데
그때처럼 나는
지나치게 편안한 자세로 낙서를 해요
낙서를 하고 수첩이 새까매지면 뜯어서 버려요

겨울의 끝자락에서

다리가 약해질까 봐
한 시간씩 혼자 걸어요
걷다 오면
가벼워요
두고 온 물건도 없는데 참 이상하죠
둥글뒹굴
나랑 놀아요
싸우지 않아요
참 멋지고 아련한
내 마음속
꿈이라는 궤도를
아직 돌고 있는 소혹성
1028호
어디쯤 좀 멈춰봐요
둥글뒹굴
쉬엄쉬엄
나랑 놀아요
싸우지 않아요

봄은 멀고

눈 녹아서 떨어지는 소리에 갇혀 있어요
쌓였다가 떠나지요

나뭇잎
눈송이
사람들
의자들
증발하죠

소문은 사실과 조금
달리 증발하죠

저녁은 드셨나요
오늘은 뭐 하셨어요

시는
시는

나뭇잎
눈송이
쌓였다가 떠나지요
붙잡아도 녹지요

양지꽃

어린 바람이 시키는 대로
쑥국쑥국 날아가는 새처럼
춤을 추고

하얀 햇살이 이끄는 대로
저만치 벚꽃길 걸어가는
당신이

어쩌다 잘못 든 숲길에서
이 센티도 안되는 키를 늘여
춤을 추고

당신의 어두운 마음에
잠시라도 기쁨이
머물 수 있도록

조금만 오래 피어있을게요

당신의 뜻 모를
눈물 안에서

*영아츠컴퍼니 "시를 노래하다" 가곡 가사 선정작

광대나물꽃

눈썹을 밀고
가루분을 희뜩 뒤집어쓰고
갈 데가 없었습니다
모자를 써도
가려지지 않고
마스크로 다 덮어도
속이 드러났습니다
나의 가난을
하늘이 알고 웃었습니다
나의 병을
아무도 모르게 감추고 싶었습니다
허허 허허 허허대는
나의 웃음이 대체 어디까지
나를 끌고 다니려는지
사실 겁이 났습니다
미친 자와
못 미친 자와

한 탁자에 마주 앉아
정도껏 웃는 법을
배우고 싶습니다
살아있네
독주 독설 독선 독박 독거
독 투성이입니다
나의 웃음에도 치사량의 독이 들어있습니다
또 겁이 납니다

1인 가구

바닷가 뽈뽈 기는

어린 게나 될까 부다

뺄구멍 한 칸이면

춤을 추는 어린 게

이삿짐

트럭에 싣고

슬픈 만큼 갈까 부다

피아니시모

옥상 배수구 한쪽
채송화가 피었다

어떻게 알고 왔는지
나비는 날개를 접고

천 번쯤
더 바꾼 두 몸

하나가 되어 있다

누가 나를 위해

가끔 혼자 걸어가다 눈물이 흐를 때
누가 나를 위해 남몰래 다가와서 눈물 닦아줄까요
누가 나를 위해 풀모기 날아드는 천변을 나란히 걸
어줄까요
누가 나를 위해 붉은 모란을 그려줄까요

가끔 목이 멘 소리로 배고파 라고 말할 때
무더운 여름밤 들꽃을 꺾어주며
내일은 저기 좋은데 가서 맛있는 거 먹자
비싼 거 먹자, 장난쳐줄까요

가끔 먼 곳을 멍하니 바라볼 때
누가 나를 위해 음악을 틀고 달려올까요
누가 나를 위해 색소폰을 불어줄까요
누가 나를 위해 왈츠를 추어줄까요

그리고 아무렇지 않은 표정으로 마지막

늦은 버스를 같이 기다려줄까요
나도 갈 수 있을까요
한 번도 안 가본 어느 먼 바다 위를

새

너 때문에 하늘이 자꾸자꾸 높아간다
너 때문에 하늘이 멀리멀리 날아간다

울음도 노래라 하지
너와 눈을 맞추면

하늘과 바람을 재는 순수한 그 몸짓은
내가 만난 잣대 중에서 가장 슬픈 잣대

궁핍도 빛이라 하지
너와 줄을 지으면

좀씀바귀 그 언덕

1.
우주 아래 유목하는 아기별처럼
남극 대륙 횡단하는 원정대의 깃발처럼
어느 봄날,
어깨에 묻은 햇볕 툭툭 털어내며
구부정하니 골목길 돌아가는 근심처럼

쪽방촌
처마 밑에 몸을 기댄 소주병처럼
고단하지
무섭지
차라리 죽고 싶지

2.
그 날에
죄 없이 그가 지고 간 십자가
그 순박함

그 미어짐

아아, 나는 그 옆에 매달린 어리석은 강도처럼

제 3부

월요일의 달

달이 따라다니는 걸
모르고 하나도 모르고요
달이 우물이나 계곡에서 발을 헛딛고 복숭아뼈 실
금이 난 채로
숲속을 기어다니는 걸 알고싶지 않아서요
아그배나무 아래서 어렵사리 다리가 자라 촌스럽
게 치마를 올리고 붙잡고 매달리다
달의 멍든 갈비뼈를 움켜쥐고 말았어요
달이 정수리 쪽에서 북쪽으로 기울이는 스물셋
처음 남자와 자고나서 휘청거려 울렁거려
걸어도 걸어도
택시조차 지나가지 않아서요

허리까지 간질이던 머리칼을 자르고서
어둡다 어둡다 한밤중에 깨어 중얼대다 만졌어요
달에서 달이 빠져나오는 헛간
부푸는 유방을 싸매고

차가운 음료를 마시고
아무도 인사하지 않는 별까지 도망쳐서요
수치를 모르고 모르고요 갈비뼈가 아파요
너무 오래 울음을 가두어서요

달이 따라다니는 걸
모르고 하나도 모르고요
달이 바다 끝이나 모래알 속에서 벗어놓은 티셔츠
를 주섬주섬 입고서요
호텔 주차장을 빠져나가요
그래요 나는 달이 아네요
립스틱 숫자가 빠르게
늘어나고 정서와 관련된 언어로 말하지 않아요 나
는 아무 것도 원하지 않아
그렇게 말해버리고 문을 닫아요
월요일의 달
그냥 환해요

시멘트로 포장한 농로가 차가워서요
달은 사실 나처럼 거짓말도 잘해서요
믿지 않아요
달이 예뻐요
윤곽만 보여주는 달이

트리스탄* 화음

헐벗은 포도나무 가지를 단단히 동여 맬 즈음,
머뭇머뭇 마른 고막으로 건너오는 당신의 발소리

유리병에 꽃을 심으며 안구건조증이 재발했어요
깜박이를 켜두고 흘려버린 귀를 찾아냈지요

포도알처럼 앙큼스런 당신의 눈동자에서
나른한 별 하나가 간간이 기지개를 켜지요

브레이크가 망가진 나의 기다림은 날카롭게 경적을
울렸지만요, 짓밟힌 와인의 당도를 어찌 감출려구요

혀가 난처해질 적마다 슬그머니 얼버무리는
당신의 허파꽈리, 도착, 도착, 자아, 다 왔어요

씨 없는 포도송이를 따라 갔어요 조롱조롱 송이마다
뒤따라가서 봉지를 싸고, 봉지를 열고, 그만 할래

그만 하자, 턱을 치켜든 채로 매달린 나를 싸고, 음
이탈을 봉인한 빈 봉지를 질질 끌어다 처박았어요

* 트리스탄 화음은 리하르트 바그너의 오페라 '트리스탄과 이졸데'
  도입부의 트리스탄을 상징하는 라이트모티프의 일부로 나오기 때
  문에 트리스탄 화음이라고 불린다.

탱고 수업

1.
탱고의 첫 스텝
슬로우
나라는 낡은 고전에서 해가 튀어 올라요
슬로우퀵퀵
무릎과 무릎의 리듬이 물거품처럼 바글거리다 문득,
다른 얼굴로 돌변할 때
아웃사이드 스텝은 초여름이 낚아 올린 잎사귀들
잎잎마다 사운대는 빛처럼 우울해요

2.
퀵퀵슬로우
퀵퀵슬로우
때론 유리창 너머로 바라보아야 할
창문이 뒤통수에 벌컥 열려요
아아 퀵포르테
떠돌던 먼지들이 그토록 간절하게 기대어 본 점선면

마루바닥은 쓸쓸히 구두코를 노려본다
앤 슬로우
리듬은 3분 동안 마구마구 타버려야 해요

3.
꼬일 대로 꼬여가는 두 사람이 나누는 적막한 눈빛
트위스트 퀵앤퀵
마저 식은 머그잔을 내려놓으면 해는 까매지고
좁고 매끄러운 계단 밖으로 답이 없는 갈망 하나가
발목을 접질러요
슬로우 퀵퀵슬로우
움켜잡은 손잡이를 살포시 내려 놓아요
그럼 이제 나를 닫을 시간
클로우즈

샛강 1

저녁 6시 26분

노량진역입니다

저녁 9시 28분

잘가

사이

짧은 소설
 앞 페이지와 뒤 페이지의 틈새에 끼어든 얇디얇은 수목의 질감, 예상치 못한 흐름이 숨을 고르고 있다
 안개는 두꺼워지며 나를 지워버리고 뿌연 커튼자락처럼 모든 사물을 차단해 놓는다
 샛강은 옛날에도 그랬다 다음 스토리를 예고하지 않고 흘렀다

샛강 2

우체국 앞 긴 의자에 누가 모로 누워있다
그 자리에 잠들기 위해 태어난 것처럼

젊은 느티나무가 잎사귀를 뒤집으며
그늘을 늘리는 동안

부스스 잠깬 의자에는
엎어진 패트병과 까슬한 수염의 낡은 티셔츠

몇 평의 그늘에 세 드는 새처럼
나도 그 곁에 앉아본다

바람이 오고 바람이 가고
그의 가슴 속을 걸어간 별들을 헤아려 본다

오지 않는 버스를 나는 기다리기로 한다

해안도로

어디니?
어디 있니?
날이 저물면 아주 먼 데
거북이가 혼잣말을 하는 소리를 들었다
그 바닷길은 나의 귓속으로 연결되어 흘렀으므로
단조로운 부름을 거역하지 못하고
바다로 내달리곤 했다
찌그러진 포말을 기록한 조개껍질의 노트를 뒤적였다
바닷새의 항로를 사랑했다
남은 살점이 아직 꿈틀거리는
어느 즐거운 회식자리에
나온 냄비 속의 뼈
고된 노동의 마지막 결말을 마주한다
어디니?
어디 있니?
그믐의 젖은 눈썹이
비린내를 전송하고 있다

뭉게구름의 피서

첫눈을
생각해보았다

첫눈이 내리던 그 날
처음 신어본 스케이트
세상에서 제일 싫은 것은
빙판에 사정없이 엉덩방아를 찧는 일이었다
그 싫은 일을 당하지 않기 위해 버둥거리던 겨울
그리고 스케이트를 조금씩 밀고 나가며 나는 웃었다

더위에 지지 않으려고 첫눈을 생각했다
그 해 첫눈을 맞으며 나란히 걸어가서 주황불빛을
매단
찻집이라도 들어갈 수 있을까
다정스런 목소리에 귀를 기울이고 지나온 여름과 가
을을
속닥거리며 첫눈 내리는 유리창을 바라보고 싶다는

그렇다면 그 때
나는 울지도 웃지도 않고
입 없는 키티인형처럼 앉아있으리

물방울을 만나다

1.
 별 모양의 노랑 꽃술을 탐하다 방향을 잊어버린
 꽃벌은 정신이 없다

 오슬로 두바이 리마 상하이 카이로 봄베이
 그곳에도 옥탑방은 있겠지

 물방울 소리로 재깍거리는 시계처럼 내가 입은 것은
 후줄근한 석고 옷 그것은 메마른 청춘의 덫

 발걸음은 늘 예측하지 못한 곳으로 가서
 둥근 공은 목적지에 도달하지 못한다

2.
 악수를 나누면서 물방울은 말랑하게 웃는다
 돌 틈에 고인 한 종지가량의 물
 부리를 연신 씻는 참새처럼 하늘과 나무와 집과 자
동차

작은 바람에도 깨지고 말 한 아이가 다가온다

3.
 첫 번째 건널목에서 부딪친 낯선 사람과 소주를 마
서야겠다
 그가 내 옛 애인의 애인이라 하더라도

하현 편집중

두레박을 내버리고 가버린 옛 우물은
어슴새벽 미리내 물병자리로 흐르다가
느린 붓, 화가의 페인트통에서
살아 문득 떠오른다

가장 낮은 바다에는 가장 깊은 벽이 있어
하현에서 그믐까지 물고기를 클릭하고
달은 제 빈속을 갉아
애벌레를 복제한다

신의 선이라는 곡선을 반복하며
하늬바람 뻘밭에 홀려 간월로 가는 철새
풀잎도 헌집과 새집 사이
멍든 뼈를 옮겨쥔다

용추계곡에 가면 빨간 플라스틱 의자가 있다

호젓이 바위 틈에 하늘바라 기다리다
발소리에 깜짝 놀란 늙수그레 용 한 마리
내 등을 토닥여 주며 의자 하나 내민다

힘들어 힘들어요 난 어떻게 살아요
허름한 품안에서 꺼억꺼억 울고픈데
마가목 빨간 열매를 어미새가 물고 간다

마모된 활자투성이 벌레 먹은 경전일까
물소리 욜랑졸랑 저녁 해 시드는 계곡
가을 숲 계수나무향 법열에 들떠 화하다

구슬피 독경을 외듯 땅거미가 내리는 길
바람 빠진 풍선처럼 어렴풋이 달은 흘러
빗금 친 뉘우침만이 역린처럼 일어난다

팔괘정

짱짱한 매미소리
강물이 새하얗게 파들 거린다

물에 비친 산과 바람에게
살아가는 이치를 다 맡겨버리고

모래에 갇혀 모래를 빨던
모래무지 여자

뼈마저 팔괘의 물결이었나
달을 가리키는 검지의 한갓 슬픔

물가를 맴도는 허기의 지느러미가
지구의 저쪽 가을을 끌어당긴다

억새 혹은 구름

어느새 계절은 양지쪽을 찾아간다

늙은 풍경들이 가만가만 엉켜서

창문을 낸 쓸쓸한 벽돌담이 되었을까

해바라기는 그 곁에 조용히 서서

한참 나를 훑어본다

옛날 같이 유유히 강물이 흐른다

강가에는

흰 옷을 입은 들꽃과 나부끼는 갈대의 헤진 옷자락

자유로이 뛰어노는

소, 말, 염소, 오리, 다람쥐, 개구리

싸리울 초가집들이 햇살과 그늘을 드리우고 있는 곳

이 향기로운 아름다움은 어디에서 오는 것일까

나는 헛것인양 서성거리는데.

달팽이

알약 속의 가루 같은 알에서 깨어난 아기달팽이
뽀얀 속살이 앙증맞고 귀여워요
배가 고파 칭얼칭얼 목이 말라 바둥바둥
그럴 때, 든든한 버팀목 같은 등껍질을 지고서
느릿느릿 서둘러 이슬을 구해오는 엄마달팽이

만화 속의 아빠달팽이는
63빌딩 사무실로 늘정늘정 걸어 들어갔지
회식 날, 한 잔씩 걸치고
눈알이 뱅뱅 도는 달팽이들
달팽이들은 모두 평온한 집이 있지

느려도 끝까지 가본 산그늘 텃밭에다
푸른 채소를 가꿔 먹는 달팽이 가족
달팽이는 호박이랑 당근이랑 상추랑
난각가루, 보레가루를 차려 먹는다

달팽이는 화가처럼 꼼짝 않고 생각한다

그런 다음 먹은 대로 예쁜 똥을 싸 놓는다
달팽이는 초록, 주황, 금색, 연두, 보라 물감으로
하나뿐인 명작을 땅에 그려 놓는다

길 건너편 사무실은

하얀 벽지
의자 몇 개
의자에 앉은
차가운 손과 굳은 영혼
무겁게 정보가 담긴 책들은
신선한 충격으로 첫 문을 열고요
향기로운 차와 함께
테이블에 흐르는 깃털같이 부드러운 시간
감기예방 주사를 맞으러 간다고
갑순 씨가 급히 떠나자
광수 씨는 머뭇머뭇 말하지요
개나발을 외치며 좋아요를 띄우며
꼭 필요한 사람이 되기 위해서
달리고 달렸어요
나는, 사장이 되고 싶었어요
마주보는 스무 개의 눈동자에서
뜻밖의 별을 발견하고

속눈썹에 걸려있는 검은 태양을 읽으며
분위기는 단풍으로 자우룩이 물들었어요
우리는 아주 따뜻하고요
잠시 평안하고요
또 즐거웠어요
아, 안심이 돼요

상징의 바다

1. 빈집, —자물쇠

불러도 올 수 없는

발자국을 기다린다

외로움의 수심을 물고기는 잘 모른다

고장 안 뜰 안에 갇힌 내

찌그러진 열쇠 한 마리

2. 우도유채

돌무덤 열고 나온

하늘하늘 봄 나비 떼

해 숭어리 노란 파도 생얼로 달음질 치면

또 도진 내 역마살은

코발트청 갯바람 세 폭

제 **4**부

운문사

저승 가는 배 한 척을
천정 높이 띄워 놓고

여승의 독경소리
감물 점점 짙게 든다

감나무
가지에 해는 걸려

두어 동이 피를 쏟고

복수초

- 크노멘 공주

얼음 속에서도 꽃이 핀다구요!

슬픈 추억과 영원한 행복 사이

반쪽 얼굴은 아직 얼음에 묻혀 있네

혼자서도 둘이서도

여럿이도 피는

노란 그 꽃

바람이 멈춰 서서 멍하니 바라보네

산복사꽃

차고 먼 좀생이 별에서
첫 꽃이 오신단다

사잣밥 목에 달고
떠돌다 온 내 누이여,

샛바람
가슴을 칠 때

내간체
점자로 뜬다

꿈

나무마차 올라 타고
그이가 떠났어요

혼례식 때 입은 양복이
벽에 아직 붙어있어요

열 자루
숨을 쉬는 칼

내 핏줄을 도는 듯

남은 자

난 가만히 앉아있었다
정말 가만히 앉아있었다
죽은 듯 가만히 앉아있었다

새였을까
매 과의 새였을까
내 심장에 내려 앉아 유유히 불타는 두 눈
고문이었다
참을 수 없는 고문이었다

단숨에 찢어낼 듯 파고드는 부리, 발톱

나는 지쳐서 앉아있었다
정말 지쳐서 앉아있었다
죽은 듯 지쳐서 앉아있었다

새였을까

매 과의 새였을까
내 심장을 갈기갈기 쪼아 하늘로 끌고 달아난 그것
눈을 떴을 때
새는 보이지 않았다

마침내 짐승의 소리가 터져나왔다
내가 울기 시작했다

꿈 2

액자 속에서 누가 흐느꼈어요
어머 어머 둘째 언니예요
고운 얼굴을 이그러뜨리며
액자를 튀어나오려고 했지만, 어깨가 너무 넓었어요
못 나올 게 확실해요
그러자 언니가 더 크게 울기 시작해요
난 너무 힘들어 아아 너무 힘들어
언니의 머리칼이 우는 얼굴을 자꾸 가렸어요
나는 손을 급히 내밀었어요
액자를 흔들어 버리려고요
언니가 눈을 감아버렸지요
꿈이었어요
깨고 싶어도 액자가 나를 붙들고 있어요

선운사의 만다라

아지랑이 풀비린내 봄의 허리 일으킨다
바늘구멍 한 줄 빛이 어둠을 걷어내듯
더듬어 달려온 길도 추녀 밑에 숨 고른다

열굽이 산모롱이 산새가 따라와서
두세자 푸른 멍빛 울음 길게 끌고가면
못 부친 내 그리움이 바람에 다쳐 운다

시멘트로 때운 나무에 골격만 남은 설법
긴 하루 눈 감은 부처 참선 끝에 만났을까
법당을 뛰쳐 나와서 반 쯤 번 애기동백

참새

전깃줄에 높이 앉아 해를 보는 참새 세 마리
장일범의 음악을 듣다 나도 해를 바라본다
사르르 물기가 도는 얼음 같은 내 마음

마치 그 일을 위해 들판에 태어난 양
두 마리가 더 날아와 같이 해를 바라본다
적당한 간격을 두고 외선에 선 음표처럼

까치발 서리가 은가루로 반짝인다
소리 없는 울려 퍼진 겨울날의 미사곡을
글씨로 받아쓰다가 고갤 드니 가고 없다

참새의 작은 발짓, 그 짧은 움켜쥠으로
냉랭한 전깃줄에도 따뜻한 피가 흘러
그 전압 내게 들어와 내일은 춥지 않겠다

겨울일기 1

일곱 평 흙집을 떼메고 갈 듯 죽령 골바람이 밤새
껏 몰아친다
부표처럼 떠다니는 닻별의 월동을 곰곰 생각다가
읽다 만 시집을 엎어두고 팔팔 끓는 라면냄비를 올
려놓는다
가끔 집에 들러 갸르릉대는 암고양이
호로록 호록 젓가락질하며 밥도 안 되는 시를 밤낮
끌어안고
나는 꼬르륵 꼬르륵 고양이 울음을 운다
쌈질도 못하고 말대꾸도 못하고 도둑질도
못하고 삼십육계 줄행랑도 못치고 아무것도 못하고
눈도 코도
귀도 다 닳아진 장승처럼 서 있는데
그런 내가 뭣이 좋다고 한 쪽 볼이 발갛게 언 햇살
한 자락이
슬그머니 먼저 들어와 차가운 아랫목에 길게 드러
눕는다
이리와 괜찮아

겨울일기 2

금계리 사과밭에 내가 서 있다

문 밖으로 내 쫓긴 내가 서 있다

피 묻은 회초리 들고

몰려나온 죽령 바람

그 매를 다 맞도록 내가 서 있다

살아야지 살아야지 내가 서 있다

보따리 어디에 두고

어둡도록 빈 몸으로 내가 서 있다

겨울일기 3

신문에서 오린 시를 언니가 수줍어하며 내민다
이거 차암 좋드라
너는 시인이니까 이것 좀 보라고 오려 놨다
언니가 건네 준 시들이 내 손에서 맑고 온순하게
반짝인다
마치 햇살 비친 시냇물처럼

(나보다 훨씬 예쁘고 똑똑한 우리 언니)

이만큼 시 쓰기가
결코 만만치 않다는 것을 언니는 다 알고 있나보다
내 시를 오려
이거 차암 좋드라
하며 건네줄 날이 그 언제 올까?

호박꽃

얼기설기 이어놓은 비닐끈
호박넌출이 타고 가네요

아기포대기에
첫애를 서툴게 업고

햇살을 보여주려고
바람을 만져보라고

비탈길을 오르던
엄마

전세금 이백만 원에
방 한 칸 부엌 한 칸

참
행복했었답니다

석양

잘 익은 홍시 하나 툭,
터졌다
저렇게 바칠 수 있을까

시든 꽃사과알 마저 토옥,
꽤 붉은 전사다
하, 저렇게 비칠 수만 있다면!

뜨거운 목숨 송두리째
당신께 바치겠네

선운사 동백이 질 때

조붓이 긴 자욱길 앞서거니 뒤서거니

암만 날 밀어내도 난 엄니 못 떨어져유

큰성이 또 뭐라혀도 엄니 나 못 나가유

지발이지 엄니 날 밀어내지 마셔유 잉

폭 폭폭 갸가 울어쌌는디 가슴패기 막 무너지는겨

추레한 두 모녀 앞에 붉은 꽃송이 수북하다

겨울일기 4

1.
'차라리 죽어버렸으면'
살만해진 친구가 개찰구에 카드를 콕, 찍으며 말했
어요
'죽을 사람은 그런 말 안하고 죽어'
난 에스컬레이터를 타고 더 낮은 곳으로 내려갔어
요
친구를 둘러싼 일, 그것은 안개와 구름
꽃과 술의 변덕이라 쉽게 요리할 수 없는 일이죠
고칠 수도 없이 깜빡거리며 사라진 낮과 밤들
그곳은 동그라미도 가위표도 차고 넘칠 거예요

2.
살얼음이 띠를 두른 금계호에서 둥둥 유영하는 철
새처럼
소름 돋는 물살에 몸을 싣고 멀어지고 멀어져서
서로가 하나의 점으로 작아져버린 시간

오답투성이 내 시험지를 컨닝하며 싱긋 웃던 친구야
땡땡땡! 종이 울리자마자 야~ 시험 끝났다!
교실문을 우르르 나오던 아이들 같이
수면을 박차 오르며
깃을 치는 소리, 저 눈부신 환청이여!
뭉쳤다 풀어졌다 만나고 헤어지고를 반복하며
타다닥 타다닥 하늘 놀이터로 뜨겁게 이고 가요

3.
늦은 저녁 지하철 창에 매달려 나는
친구에게 문자를 해요
'봄이 멀지 않았어'

자유로운 영혼과 신뢰·사랑의 미학

이지엽

경기대학교 국어국문학과 교수 · 시인

1. 운율의 낙폭과 시적 긴장

브레이크가 망가진 나의 기다림은 날카롭게 경적을
울렸지만요, 짓밟힌 와인의 당도를 어찌 감출려구요

혀가 난처해질 적마다 슬그머니 얼버무리는
당신의 허파꽈리, 도착, 도착, 자아, 다 왔어요

씨 없는 포도송이를 따라 갔어요. 조롱조롱 송이마다
뒤따라가서 봉지를 싸고, 봉지를 열고, 그만 할래

— 〈트리스탄 화음〉 부분

「트리스탄 화음」을 지배하는 운율은 5음보다. 4음보의
걸음걸이보다는 불안정하지만 활동적이라는 점에서 시의
내용이 주는 "브레이크가 망가진" 날카로운 경적을 가진
기다림을 묘사하기에는 더 적절하였을 것이다. 시인은 이

5음보의 운율을 7연이나 되는 전편에 거의 균일하게 적용하고 있다. 이에 반해 다음의 작품들에서 음보는 상당한 낙폭을 가지며 자유롭게 구사된다.

> 달이 따라다니는 걸
> 모르고 하나도 모르고요
> 달이 바다 끝이나 모래알 속에서 벗어놓은 티셔츠를 주섬주섬 입고서요
> 호텔 주차장을 빠져나가요
> 그래요 나는 달이 아녜요
> 립스틱 숫자가 빠르게
> 늘어나고 정서와 관련된 언어로 말하지 않아요 나는 아무 것도 원하지 않아
> 그렇게 말해버리고 문을 닫아요
> 월요일의 달
> 그냥 환해요
> 시멘트로 포장한 농로가 차가워서요
> 달은 사실 나처럼 거짓말도 잘해서요
> 믿지 않아요
> 달이 예뻐요
> 윤곽만 보여주는 달이
>
> ─「월요일의 달」2연

꼬일 대로 꼬여가는 두 사람이 나누는 적막한 눈빛

트위스트 퀵앤퀵

마저 식은 머그잔을 내려놓으면 해는 까매지고

좁고 매끄러운 계단 밖으로 답이 없는 갈망 하나가

발목을 접질러요

슬로우 퀵퀵슬로우

움켜잡은 손잡이를 살포시 내려 놓아요

그럼 이제 나를 닫을 시간

클로우즈

― 「탱고 수업」 3

「월요일의 달」과 「탱고 수업」에서 보여주는 운율은 자유로운 행간의 흐름은 물론이고 장단 완급의 효율까지를 염두에 두고 있음이 주목된다. 「월요일의 달」에서 가장 짧은 호흡은 "월요일의 달"이나 "그냥 환해요"의 1음보(2어절)이지만 가장 늘어난 부분은 "늘어나고/ 정서와/ 관련된/ 언어로/ 말하지/ 않아요/ 나는 /아무 것도/원하지 않아"의 9음보(11어절)이다. 「탱고 수업」에서 짧은 호흡은 "클로우즈" "트위스트 퀵앤퀵"의 1, 2음보이지만 긴 호흡은 "좁고/ 매끄러운/ 계단 밖으로/ 답이 없는/ 갈망 하나가"에서 보듯 5음보(8어절)로 배치하고 있다. 이러한 낙폭이 시인의 의도적인 전략임을 우리는 어렵지 않게 간파

할 수 있다. 중요한 것은 이러한 운율의 운용이 시에 동력을 불어 넣으면서 활기차거나 혹은 감미롭고 부드러운 느낌을 주는데 기여하고 있다는 점이다. 독자가 지루하지 않으면서도 시종여일 살아있는 주체자로서 참여할 수 있다는 점에서 이것이 주는 효과는 작지 않다고 할 수 있겠다.

2. 넓은 품새와 자유로운 영혼

다리가 약해질까 봐
한 시간씩 혼자 걸어요
걷다 오면
가벼워요
두고 온 물건도 없는데 참 이상하죠
둥글뎅굴
나랑 놀아요
싸우지 않아요
참 멋지고 아련한
내 마음속
꿈이라는 궤도를
아직 돌고 있는 소혹성
1028호
어디쯤 좀 멈춰봐요
둥글뎅굴

쉬엄쉬엄

나랑 놀아요

싸우지 않아요

— 「겨울의 끝자락에서」

이 근래 시인의 작품에는 품새가 넓어졌음을 느끼게 하는 작품들이 늘었다. 여유가 있으면서도 넉넉한 공간의 자유를 느끼게 한다. 이것은 조이고 답답했던 시절의 보상과도 같다고 해야할까. 시인의 작품에는 자유로운 영혼이 함께 노닐고 있는 것을 볼 수 있다. 그것은 첫째 가볍다. 그런 만큼 날렵하다. 결코 둔하지 않으며 스치고 지나 갈 듯한 품새를 지녔다. 둘째는 뒹굴뒹굴하다. 모나지 않고 둥글뒹굴 유순하다. 같이 뒹굴 수도 있을 정도로 부드럽다. 셋째로 친하다. 그러니 싸우지 않는다. 사이좋고 놀아도 좋고 악착같이 기를 쓰지 않아도 좋다.

눈 녹아서 떨어지는 소리에 갇혀 있어요

쌓였다가 떠나지요

나뭇잎

눈송이

사람들

의자들

증발하죠
소문은 사실과 조금
달리 증발하죠

저녁은 드셨나요
오늘은 뭐 하셨어요

시는
시는
나뭇잎
눈송이
쌓였다가 떠나지요
붙잡아도 녹지요

―「봄은 멀고」

"눈 녹아서 떨어지는 소리에 갇혀 있"다고 말하는 것은 단순한 표현이 아니다. 눈은 내리고 쌓이고 그리고 녹는 것이어서 시간이 경과되는 것을 말하는 것이다. 내리고 쌓이는 과정을 많은 시간이 지나고 바람이 지나고 햇살이 쪼이고 나서 한참이 지나야 눈은 비로소 녹기 시작한다. 시의 처음 시작이 눈이 녹는 것으로 시작하지만 시의 시작 몇 시간 전부터 시인은 이미 쌓인 눈이 녹으리란 것을 기다리고 있었을 것이다. 그래서 녹기 시작하면 여기저기 구멍이 뚫려나가는 듯한 예리한 마음이 시려오는 것을 느끼는 것일 게다. 자연적인 것도 떠나지만 사람과 사람을 둘러싼 이름들과 의자들도 떠나고, 그것을 둘러싸고 있는 풍문들도 다 떠나가기 마련이다. 눈과 같아 붙잡는다고 붙잡히는 존재들이 아니다. 시(詩)가 그렇지 않던가, 생이 그렇지 않던가. 그러니 너무 거기 오랫동안 앉아있는 것에 연연하지 말라는 것이다.

3. 섬세함과 질박함 사이

두레박을 내버리고 가버린 옛 우물은
어슴새벽 미리내 물병자리로 흐르다가
느린 붓, 화가의 페인트통에서
살아 문득 떠오른다

가장 낮은 바다에는 가장 깊은 벽이 있어
하현에서 그믐까지 물고기를 클릭하고
달은 제 빈속을 갉아
애벌레를 복제한다

신의 선이라는 곡선을 반복하며
하늬바람 뻘밭에 홀려 간월로 가는 철새
풀잎도 헌집과 새집 사이

멍든 뼈를 움켜쥔다

ー「하현 편집중」전문

  너무 흩어져버리지 않았나 염려가 들 정도로 틈새 많아진 시인을 염려하다가 다시 조여진 이 작품을 보고 역시 시인으로 건재하다는 것을 느낀다. "하현"이라는 어휘는 "상현"이라는 어휘과 비교할 때 차이가 극명하다. 시인은 "하현"에 집중한다. "하현에서 그믐까지"의 시간에 살아 숨쉬는 시간은 시인이 "살아 문득 떠오"르는 시간이다. "달은 제 빈속을 갈아/ 애벌레를 복제"하는 생명의 시간이고 "풀잎도 헌집과 새집 사이/ 멍든 뼈를 움켜"쥐는 에너지의 시간이다. 오히려 상현에서 보름까지의 보다도 사색적이며 철학적인 시간인 시간이 바로 "하현에서 그믐까지"의 시간이라는 것이다. 전자가 소설의 시간이고 현실의 시간이라면 후자는 시의 시간이고 이상의 시간인 셈이다.

  차고 먼 좀생이별에서/첫 꽃이 오신단다//
  사잣밥 목에 달고/떠돌다 온 내 누이여,//
  샛바람/가슴을 칠 때//내간체/점자로 뜬다

ー「산복사꽃」전문

  조붓이 긴 자욱길 앞서거니 뒤서거니/

암만 날 밀어내도 난 엄니 못 떨어져유/

큰성이 또 뭐라혀도 엄니 나 못 나가유/

지발이지 엄니 날 밀어내지 마셔유 잉/

폭 폭폭 갸가 울어쌌는디 가슴패기 막 무너지는거/

추레한 두 모녀 앞에 붉은 꽃송이 수북하다/

—「선운사 동백이 질 때」 전문

　두 편의 꽃을 소재로 한 작품에서 시인의 시적 역량이 섬세하면서도 질박하다는 것을 유감없이 분출된 작품이라는 것을 알 수 있다.「산복사꽃」은 섬세하다. "산복사꽃"은 야산에서 피어나는 봄꽃이지만 연분홍의 꽃이파리를 누이로 비유하고 있다. "샛바람/가슴을" 치는 이른 봄에 "내간체/점자로 뜬다"는 표현이 "사잣밥 목에 달고/떠돌다 온" 표현과 어울려 누이가 평범한 누이가 아니었음을 짐작케한다.「선운사 동백이 질 때」는 질박하면서도 묵직하다, 사투리의 어조도 그렇지만 전개되는 내용도 찰지고 구성져서 쉽게 떨구거나 밀어내지 못하는 막무가내가 있다. 선운사 동백이 수북하게 떨어져 있는 모습을 울고 무너지는 "추레한 두 모녀"로 비유하는 것도 절실해보이지만 순도 높은 전라도의 정이 감칠 맛나게 그려내고 있어 묘미를 더해준다.

4. 시적 대상에 대한 신뢰와 사랑

시인은 아버지와 불편한 관계였음을 숨기지 않는다. "아버지의 점심상을 엎어버리고 집을 나"올 정도로 분노의 대상이었으며, 마지막 눈을 감을 때에도 무덤덤할 뿐 "아무도 아버지 무덤가에 백일홍 나무를 심지 않았"지만 "나도 모르는 척 입을 다물" 정도로 애정을 갖지 못했다. 그렇지만 시인은 아버지의 무덤가에 "어린것 손을 잡고 찾아와 가만가만" 백일홍 "부끄러운 꽃가지들"에 기대어 "아버지, 아버지 저를 용서해주세요"라고 화해를 청한다. 할머니나 어머니 무덤가에 심은 백일홍 꽃가지가 "울음을 꾹 참을 때마다 빨갛게 부풀어 오르던" 기억을 추억처럼 가지고 살아가고 있는 시인에게 이제 아버지도 한 자리를 차지하게 되었음을 보여준다. (「백일홍 점묘화」에서) 그렇지만 어머니는 애초부터 살가운 존재로 형상화 되고 있다.

엄마,
오늘은 치마끈 잘끈 동여맨 엉덩짝이 실팍한
가을배추로 오세요
푸릇푸릇 말아 올린 치맛자락 같은 배춧잎을
한 장 두 장 젖힐 때마다 물큰,
잊었던 젖 냄새가 손바닥에 잡혀요

엄마,

스냅사진 속의 납작해진 엄마

늦가을 퉁퉁 젖이 불은 배추포기가

엄마의 젖가슴 같아요

일곱 살이 되도록

늦젖이 돌아온 젖꼭지에 매달려 칭얼거리던

나는 오늘도

곰곰 파먹을 게요

─「배추벌레」부분

어머니 당신이 배추로 오면 자신은 배추벌레가 되어 "곰곰 파먹을" 것이라 말한다. 배춧잎을 한 장 두 장 젖힐 때마다 "물큰, 잊었던 젖 냄새가 손바닥에 잡혀요"라든지 "늦가을 퉁퉁 젖이 불은 배추포기가/ 엄마의 젖가슴 같"다는 표현에서 시인의 어머니에 대한 사랑과 신뢰가 잘 형상화되고 있다.

한 사람이 내 얼굴을 보고 웃음보를 터뜨렸지

그리곤 아픈 내 눈에 자기의 눈을 대고 비벼댔지

나도 똑같이 아프고 싶어

라고 말했지

그 사람은 그 후에도 내가 울면 그 눈물을 다 핥아먹었지

바로 애들 아빠가 그 사람이었어

하얀 골프공을 보면
왠지 눈알 같아
가야할 곳을 두리번거리는·부드러운 눈알
18홀을 다 돌기도 전
골프공은 구르고 울고 타고 빠지고 산으로 올라가기도 하지
그 사람이 아직도
골프공을 치고 있으려나
침침한 내 눈이 못 보는 것이 어디 한 두 가진가

— 「홀에 빠지다」 부분

결막염에 걸려 안과를 다닐 때 시인은 어려웠던 상황을 "창피하고 울고 싶은데 회사를 그만두면 그나마 밥을 어찌 먹을까"라고 얘기한다. 아마도 남편이 밥벌이를 제대로 못하고 있었음을 짐작케한다. 그런데 시인은 남편에 대해 원망보다는 "내가 울면 그 눈물을 다 핥아먹"을 사람이라 아름답게 추억한다. 시인은 스스로에 대해서는 어떻게 생각하고 있는가.

이제는 나 혼자 찾아가는 나무
머리칼 헝클어져 세수도 안한 내 얼굴을
순하게 반겨주는 나무
하나도 이쁘지 않고 까칠한
나는 어느새 물푸레나무

— 「물푸레나무」 부분

물푸레 나무는 "사소한 농담에도 걸핏하면 화를 내던 사람이/ 입술을 꾹 다물고 한참 동안/ 올려다보던 물푸레 나무"로 추억하던 나무이면서 다소 의뭉하거나(햇살 몇 가닥 헤아리는 척) 딴전을 피우는 나무 (윤사월 얕은 물소리 어림하는 척)이지만 이제는 시적화자를 대변하는 존재로 나타나고 있다. 화장을 하지 않은 맨얼굴을 순하게 받아들이는 예쁘지도 않고 까칠한, 수더분한 자신을 물푸레나무와 동일시하여 그려내고 있다.

기차 시간에 쫓겨 목구멍에 걸리던 우동가락
진짜 국물이 예술이던 뜨끈뜨끈한 맛,
그 째끄만한 우동 아지매는 아직 살아있을까
태양초 고춧가루 솔솔 뿌려낸 우동 그건 이제 사치다
어느 흐린 오후 안양예술공원에 나가 어기적거리다가
칼국숫집 뿌연한 습기 속에 한 귀퉁이 차지하고
깻가루 김가루 파 썰어 넣은 국수 한 그릇
꼭! 만나고 싶다

—「가게문이 닫히고」전문

시인이 시인다운 것은 아무리 하찮은 것이라 할지라도 시적 의미를 가지고 있는 것이라면 그것이 사물이든 사람이든 그 시적대상에 대한 신뢰와 사랑이 바탕이 되어야한다는 것이 필자의 생각이다. 그런 점에서 시인은 이러한 시각과 관점을 늘 유지하려고 노력하고 있다는 점이 주목된다. 기차 시간에 쫓기면서도 뜨끈뜨끈한 우동 국물 맛을 보여주던 "째끄만한 우동 아지매"에 대한 안부를 궁금해하고 "깻가루 김가루 파 썰어 넣은 국수 한 그릇"에 대한 애정을 잊지 않고 담아내는 것은 사소하지만 시적 의미를 지니는 것이기에 소중하다. 그러기에 필자는 시인의 주변을 지나는 모든 사물들 중 시적 의미를 지닌 것에 대한 신뢰와 사랑의 자세를 늘 견지하리라 믿어 의심치 않는다.

하현 편집증

초판 인쇄 2022년 12월 17일
초판 발행 2022년 12월 24일

지은이   신준희
펴낸이   장지섭
북디자인 김은숙
인쇄/ 제본 (주)금강인쇄
펴낸 곳   도서출판 시인
          등록번호 제384-2010-000001호
          등록일자 2010년 1월 11일
          14034 경기도 안양시 만안구 수리산로 48번길 9, 302호(안양동, 청화빌딩)
          Tel 031-441-5558   Fax 031-444-1828
          E-mail : siin11@hanmail.net

ⓒ신준희
ISBN 979-11-85479-26-2 03810

※ 이 책은 경기문화재단 2022년 경기예술지원 원로 예술활동 지원을 받아 제작되었습니다.